詩集

万国旗

柏木咲哉

Kashiwagi Sakuya

コールサック社

詩集

万国旗

目次

I　転ばぬ先に喰え

Ⅱ　ドア ～その向こうの場所

Ⅲ　素晴らしき人々

Ⅳ　カフェ・ドリーマー

詩集

万国旗

柏木咲哉

I

転ばぬ先に喰え

転ばぬ先に喰え

あんた、腹ペコでふらふらじゃないか
とりあえずなんか食べなよ
腹へって道ばたに倒れちゃうよ
そんな時に考えこんでも、ろくな事浮かばないよ
人間ここぞという時は喰い力だよ
食べるってことは生きるぞって意志なんだから

おさかな

木枯らし吹き荒れる深夜2時
コンビニに走って、魚肉ソーセージ買いし我
マヨネーズをぶっかけ胃袋に流し込むなり
満たされ眠りにつく時
夜のシーツの波が打ち　寝床はあたたかな海になる
ぼくは魚になり星を食べる
なんだか食べて寝てばっかりの一匹の我なり

ガーリック

馴染んだ匂いというのがある
人それぞれの匂い
他人には臭いかも知れない匂い
でも、自分には愛着ある匂い
安心できる匂い
生活の匂い
この町の匂い
ぼくはそれをぼくのガーリックと呼んでいる
元気が出る匂いなんだ

黄昏チャーハン

パラパラ飯が降って来た
夕立かしら？
ホロホロ卵がとき混ざる空
この夕暮れ刻を炒めよう
強火でザッザと
フライパンをあおって風を起こせ
ネギをパラリと紅ショウガと
夏の彩りを鮮やかに
黄昏チャーハンをかっこめ

燃えよ！グラタン

わたしの想いを乗せて
ふかふかのこの蟹グラタン
夜の太陽のように　燃えろよ、　燃えろ
マカロニの望遠鏡を覗けば
あの人の笑顔
あこがれが焦げ目になるほど
恋の炎で焼き上げた
このグラタンで
真冬の夜をあっためたい
貴方の胸を満たしたい

餃子の皮で夜を包もうぜ

今夜、餃子の皮のへりに水をつけて
星くずキャベツに、月灯りの餡、ニンニク臭い夜風などをくるんで
じゅうじゅう焼き上げようぜ！
そして酢醤油にラー油を落として
行儀よく夜の餃子をいただこうぜ！
何個でもいけるよな
だって餃子の皮で包んだ夜ほど
白い夢が進むおかずはないものな
明くる朝、夢臭い口で君に言うのさ
おはよう！って

悲しき焼き鳥

星影のバッティングセンターで素振りを重ね、臨んだ試合
９回裏二死満塁（ツーダンフルベース）の場面で打席が回って来るとは…
一発逆転さよなら満塁ホームラン…とは行かない
いっそ潔くフルスイングの空振り…ともならず
凡打のボテボテごろ
おまけにすこぶる鈍足
ゲームセット！
仲間のしらけた視線と観客席の嘲笑
帰り道、おあつらえ向きのやけ食いさ
夕暮れ時の焼き鳥が涙でしょっぱく胃袋に染みやがる

鳥よ、お前もこんな所で焼かれて喰われて終わって
どんな気がする?
こんな不様な俺にタレか塩かまで指定され…
悲しき焼き鳥よ、今日はお前の気持ちがやけに分かる気がするぞ!

ラーメン情歌

白濁スープのこってり美人
ああ、とんこつのとんこつの
骨まで愛して　たいらげて
紅のショウガの彩りに
鮮やか湯気立つラーメンお嬢
環状線の外れの駅の新今宮の路地裏で
西は博多か　北は札幌
チャーシュー、メンマ、バターにコーン
日本列島いたる所で
よりどりみどりのちぢれ麺

今宵あなたと屋台でデート
月落ちるまでソバにいて（ツルツルツルツル）
心弾むよ、あったかい
どうかあの娘とこの幸せを
日が昇るまで…汁が冷めるまで…
何ちゅうか…「ソバにいておくれよ！」

終焉

美しい映画を観た
流れるエンドロールを見ながら僕は泣いていた
霧は夜が朝のために残したダイイング・メッセージだと誰かが言っ
　ていた
星の遺言　月の死者の書き綴った遺書をめくるように
誰もがやがて終焉を迎える
その日のために輝く太陽のデスマスクをとっておこう
最後の晩餐ではグリーンピースを克服するんだ
人生の終章～エピローグで、やらかした悪いこと全部書き殴れば
きっと僕は死刑台のエレベーターに乗せられて断頭台へ

願わくは軽いギロチンチョップで許しちゃくれないか?
終わりは始まりと言うけれど
やっぱり死んだら終わりだよ
かっこよくは死ねないだろう
かっこよく生きてないから
蝶だって葉っぱの裏でボロボロになって終わるんだ
僕が死んだら遺骨をカレー鍋で煮炊いてくれ
灰になってもいい出汁とれれば本望さ

エビチリ派とエビマヨ派の攻防

エビチリ派はチリチリ笑い
エビマヨ派はマヨマヨ泣く
二人はせめぎあい、お互いを激しく牽制し合う
エビチリ派は新参者のエビマヨが気に入らない
エビマヨ派はお局様のエビチリが疎ましく目の上のタンコブ…
ねぇ、どっちも美味しいのだから仲良くしなよ
同じエビ料理同士さ
まぁ、エビだけに反りが合わないのはいたしかたないか…

揺りかごから博多まで

揺りかごから墓場まで…
でもまだ死にたくはねえから
とりあえず明日新幹線で博多まで
屋台をめぐってトン骨ラーメンすすったら
口笛吹いてスキップしながらお家に帰ろう

深夜食堂

眠れぬ夜にはおいでなさい
腹を満たしにおいでなさい
躰が芯からあったまる
心もなんだか充たされる
夢のソースをたっぷりかけた
深夜食堂一押しメニュー
希望の煮っころがし
貴方が世の中に絶望していれば
貴方が自分自身に失望していれば
なおのこと沁みる味さ

この期に及んでなお希望…
こんな世界のど真ん中で
深夜食堂名物、希望の煮っころがし
食べにおいでなさいな
眠れない夜には…

ミックスフライ

海老も豚も野菜も
とりあえずフライに揚げて
お皿に盛って出すべし
生野菜サラダを添えて
ライスは別皿で…
コンソメスープでもつけりゃあ
おめでとう、あんたは偉大なるミックスフライ定食だ
この世の全てをミックスし
己の歌をリミックスする
混ざり合う雑多な世界

猥雑なる心地好さよ
こんなアジアの片隅なんぞに
黄色い肌して息してる
たまにミックスフライでも食わにゃあ、やってらんにゃいニャロメ
ありがとう、おいらも立派に揚がってきてるぜ
あんたもどうだい?ネタはあがってんだよ

中華ブルース

役所に陳情出してから
チンジャオロースを踏んじゃおう
ホイコーローには、ホイって功労賞をやろう
麻婆豆腐と麻婆茄子はまあまあぼちぼちやってるだろう
たまにはまあ、ボーっとしてるだろう
カニ玉はガニ股だろう
中華ちまきはハチマキ巻いて頑張ってるだろう
八宝菜は八方美人さんなんだろう
フカヒレスープに深くひれ伏そう
杏仁豆腐の奴は堪忍してやろう

なんちゅうか、中華ブルース
ネズミ、チューチュー　カラス、カーカー
チューチュー　カーカー　中華ブルース

すべては酢豚のために

滑った転んだ酢豚を食べた
すべすべお肌に酢豚はいい
疲労回復　栄養満点
すべては酢豚のために
地球はぐるぐる回ってる
ビタミン　ブタミン　びた一文まけられねえ
パイナップルはどけてくれ
お肉をやわらかくするっつってても
素っ裸をぶったたかないで
すべては酢豚のために…

酢豚定食喰った中華屋
腹一杯の大満足だ
喰った感が半端ねぇ
すべては酢豚のために
腹を減らして食事に挑む

ポテトサラダ

じゃがいもをすり潰して
人参、玉ネギ、キュウリ、ハムなどを加え入れ
マヨネーズでたっぷりあえて出来た
ポテトサラダが食べたい
ウスターソースをちょいとかけると更に美味しい
定食屋さんの陳列台で素朴にたたずむポテサラは
哀愁と郷愁の懐かしい匂いがたまらなくて…
僕にはお前が白い恋人

アボカド

3週間じっくり外で腐らせておいた
アボカドを食べたら
やっぱり腹が下った
我ながら自分をあほかと思った

ラストオーダー

すっからぴんのお二人様は
なけなしの紙切れで
ケーキセットを一つだけ、最後に注文して
とても綺麗に分け合うのでした
静かな音楽が小さな店内を贅沢な空間に変え
温かな愛が二人の周りを幸福なオーラで包みます
たどたどしく会話する二人
そして綺麗にたいらげお店を後にするのです
テーブルのお皿の上に白い夢だけを残して

ココア

ココアはいかが？あったかいホットココアは
ここは怖くはないわ
ココアをどうぞ　ミルクショコラチックな夜のココアを
ここはどこかしら？
泡立つ星座が見える
クリーム色の月が浮かんでる
海も山も干し草も
風も光もふざけた雪も
あったかい夢を見てる
こんな寒々しい夜には

あったかいココアがお似合い
芯から体があったまる
こころでココアの時間にしたいわ

コトバを食べる

今日も色んなコトバを食べる
新鮮な生のコトバ
絶妙な半熟のコトバ
こんがり焼き上がったコトバ
しっかりよく炒めたコトバ
じっくりグツグツ煮込んだコトバ
アルデンテな茹で加減のコトバ
サックリきつね色に揚がったコトバ
コトバの和え物　コトバのてんぷら
コトバの煮っころがし　コトバの佃煮

締めは甘いコトバのデザートを
それは別バラ
ああ、今日もコトバでおなかいっぱい
食べ過ぎたからコトバの胃薬を飲んでおこう
良薬口に苦し
それは、あなたからの忠告のコトバ
だけど一番腹にしっくり馴染むのはやっぱり
嘘偽りのない自分のコトバ

Ⅱ　ドア～その向こうの場所

ドア～その向こうの場所

そこにドアがあるのを知っている
けれど開くのをためらっている
昔は片っ端からドアなら開けてみた
けれど少し長く生き、色々学んだ
開けない方がよいドアもある
そこへ行かない方がよいドアもある
ドアの向こうはここととは違う所
何が待っているかは、そこに行かなければわからない
昔は闇雲にドアなら開けていた
とりあえず行ってみた

けれど今はそのまま開けずにおいてあるドアもあり
そこへ行かないという選択をする事もあるんだ
知らないなら知らないでいい事だってあるのさ
ドアは一つだけじゃないのだから
開くという誘惑と未知なるものへの好奇心を
抑えなければならない時もある

心配

部屋の中にいて、窓を打つ雨を見て
あいつ今頃濡れてないかな？って
ちょっと心配してる日曜日の午後

シーズンオフの風

しまい忘れたのか、あえてまだ残してあるのか
鯉のぼりが屋根下のベランダに飾られている
例えばそれは、しまい忘れの雛壇飾りや鏡餅…
はたまたクリスマスツリーのように…
季節に置き去りにされ、シーズンオフの風にさらされ
でも何故だか可愛くも愛しくさえもある君ら
もうちょっとしたら、さすがに君の主(あるじ)も君を片してくれるよ
それまで暫く君の季節の名残風を吹かしておくれ
忙(せわ)しない世の中に置いてけぼりにされた僕らのような者達のために

カタツムリ

ツノる想いをヤリこめて
頭を掻いてるカタツムリ
おい、おまえ
遠慮なさらずココロのままに
ツノ出せ、ヤリ出せ、頭出せ

くすり箱

生身で生きてると
色んな傷を負うし
色んな負の感情にも襲われるよね
それぞれに効く薬を常備しておくと良いね
でもどれだけくすり箱の中を探してみても
あなたの優しさほどの特効薬は見つからないんだよなぁ

竹やぶの医者

雨ニモ負ケル　風ニモ負ケル
雪ニモ　夏ノ暑サニモ負ケル
ヒタスラ　弱ッタ体デ
クラクラニナリナガラ医者ヲ探シ
一日中　サスライ廻リ
竹ヤブノ中ニ　ヨウヤク診療所ヲ
見ツケタレバ
出テキタ医者ハ　オロオロ歩キ
頭ニバンソウコウヲ貼ッテクレ
「心配シナクテヨロシイ」ト言ッテ

帰シテクレタ
ソウイウモノダヨ　ツイテナイ日ハ

アンダーシャツは汗を吸う

アンダーシャツは汗を吸う
あんたのやつは黄ばんでる
すっぱい匂いが染みこんで
風にスースー浮かれてる
あまたの夏を通り過ぎ
アンダーシャツは汚れてく
あんたを待つのは洗濯機
ガタゴトうるさい洗濯機
アンダーシャツは汗を吸う
今日もあんたの汗を吸う

自画像

自画像が俺を見てる
俺も自画像を見てる
こんな風に俺を描いたのは何処のどいつだ？
自画像だから俺か…
自画像の俺が笑い出した
俺は面白くもなんともない
でもきっと俺の心は笑ってるんだろう
鏡以上にちゃんと本人を映してる
そんな俺の自画像

チケット

君と一緒に行きたかった映画があった
僕はチケットを二枚買っていた
校舎で君を見かけ少しためらいながらも声をかけた
ポケットの中のエチケット…そう
もちろん僕は汗ばんだ手をハンカチで拭いたさ
そして勇気を振り絞り　彼女に告げようとした時
君の女友達が来たね
僕は思わず言ったさ
「これ、プレゼント…もらってんけど二人で行っておいでや…
　俺行かへんから」

夕暮れの帰り道　君の後ろ姿を目で見送り
僕は一首詠んだのさ
「木陰から君の姿を追いかけた　あの夏の日の恋の焼け跡」

えんぴつマン

えんぴつマンは
身を削って　働いて
時間がたつに連れ
背が低くなって　成長する

チビけるまで　紙にこすりつけられ
己で何を書かれても　文句を言わない

僕は昔っから　このヒーローが大好きで
すぐに芯が折れるシャーペンよりも

頼もしいから　しっくりくるんだ
仲間の消しゴムマンも身を削って働いて
共に消えてなくなるまで　僕と戦ってくれる

金魚すくい

夏になったら
縁日の屋台で
金魚救いをしよう
僕が救ってあげるよ、君たちを
狭い囲いの中から救い出してあげる
いっぱい救ってみんなを自由な川に返してやるんだ
意気込み挑みすぐ紙破れ
金魚救出作戦はついえた…
よし、今度はヨーヨーを救うんだ！

鶴と亀がスベった

鶴は千年、亀は万年
「頭ツルツルでんねん」
「何言うてまんねん」

（鶴と亀がスベった
客は帰り、後ろの正面誰～もいない）

照る照る坊主

てるてる坊主に　可愛いあの娘が
さすっておまけに口づけた
てるてる坊主は　真っ赤っか
デレデレ坊主になっちゃった
照れ照れ坊主は

「One more kiss」と可愛いあの娘に目をやった
だけれど一度の夢に終わった
明日も雨にしようかな?

葉っぱの宇宙

一枚の葉っぱの中に
宇宙の創造の神秘があり
生命の冗談がある
虫達がそこでくつろぎ
水滴がそこに憩い
アダムとイヴの秘部を隠す

そこに咲く花

そこに花が咲いていた
精いっぱいの己の命で
懸命にただただ咲いている
自分が何であるのか問わず　そこが何処だろうと
持てる力の限りに
自分が咲かせられるだけの花をありのまま
許され与えられた時の中でだけ
散り逝く日までも懸命に
ただ天命を全うする花

透き通った葉っぱ

星の露草をからませるような
光る鉱石のコレクションをばら撒くような
夢の鉄路をゆく黄金色の列車に揺られるような
雪の野を駆けるキタキツネの親子と戯れるような
そんな僕の旅心
旅の思い出を綴った書きかけの日記帳に
透き通った葉っぱを挟んで
もうひと眠り
もうひと休み…

飛行船

霧が晴れてゆく
風が光になって僕は目覚める
西陽に照らされた窓から見える飛行船
真っ赤に燃えているのは悲しいからじゃない
誰かが呼んでいる
今は亡き影の声　いつか砕いた影の声
僕は別れを告げる
空に燃え去る飛行船
夕焼け色の部屋　僕はもう一度目を覚ます

Ⅲ 素晴らしき人々

日上眞輝（ひかみ・まさてる／詩人）1932〜2017

1950年、処女詩集『愚蓮の花』でデビュー。

戦争体験に基づく、人類の愚かさや平和を希求するしなやかなメッセージ詩を得意とする。

代表作に戦争詩集『1945』

『あの少年が夢見た世界』『魚の目の恋』『海と残骸』等がある。

2005年、紫綬褒章受章。

2017年、没。享年85。

百澤輝星（ももさわ・てるぼし／作家）１９４９〜

１９４９年3月12日大阪府出身。

１９８５年『ぼくに芥川賞をくださいい』で第93回直木賞を受賞。

ユーモアとペーソス溢れる作風で人気を博する。

「週刊トップ」での人生相談コーナーも好評連載中。

〝ももテル先生〟の愛称で幅広い年齢層の読者の支持を得ている。

代表作に『はみ出し者のハミングバード』『呆気』『人間曼荼羅』『ジプシー＆ボヘミアン』等。

エッセイシリーズに『ガラクタ人間の子守唄』。

夢輝太観蘭（ゆめきた・かんらん／画家）1973〜

1973年青森県出身。

ねぷた祭りをモチーフにしたポップでアバンギャルドな極彩色の絵画作品を得意とする画家。

イラストレーション、デザインの分野でも活躍し、その強烈な色調の作品は〝夢観風(ゆめかん)〟と呼ばれ、若者の間で一大ムーブメントを巻き起こした。

青森県主催の「りんご博」にて巨大壁画を出品。

マスコミにも広く取り上げられ大きな話題を呼んだ。

石野匠（いしの・たくみ／彫刻家）１９２８〜１９８９

石膏や大理石、あるいはブロンズなどでリアルな人体の様々なポーズ、形態、表情を巧みに表現した具象像で有名な彫刻家。その作品は全国各地の街角にも点在している。

人間国宝。

１９８９年、没。享年60。

木堀能美助（きぼり・のみすけ／彫刻家）１９５２年～

15才で父である仏師、木堀源三（きぼりげんぞう）に弟子入りし、修行を積む。

木彫りの仏像に様々なデコレーションをほどこすという現代風仏像の旗手として注目を浴びる。

43才の時、それまで続けて来た仏像から一旦離れ、抽象表現なども取り入れた木彫に触手を広げる。

文化功労者。

黒川墨彩（くろかわ・ぼくさい／書家）1997〜

新進気鋭の新世代の書家。斬新な手法を駆使し日本古来の古文書の古代文字をモチーフにし、それをさらにアレンジした書を発表し続けている。

ＮＨＫ大河ドラマ『ＮＯＢＵＮＡＧＡ』の題字を担当する。

刀根蓮磨（とね・れんま／刀鍛冶職人）1915〜2011

数多くの名刀を鍛え上げた、伝説の刀鍛冶職人。
人間国宝。
2011年、没。享年96。

ホネビート（HONEBEAT／ミュージシャン）1985〜

アコースティックギターにハーモニカという従来の弾き語りスタイルでデビューし、フォーク、ロック、ブルース、R&B、ジャズ…etc　ジャンルの垣根を越えて音楽活動を繰り広げているシンガーソングライター。

近年ピアノの弾き語りにラップを乗せるという〝ビート・フォルテシモ〟という形を作り、展開中。

代表曲に『SAMIDARE　BLUES』『とんび』『桜舞踊』『ホネビート』etc

バルサミコス（ロックバンド）

ボーカルのＪＵＮ、ギターのＫＩＳＡＴＡ、ベースのＴＡＫＵ、ドラムのＳＯＵＨＥＩ、ピアノのＲＥＩＮＡの５人編成ロックバンド。

一枚一枚時間をかけて丁寧に作られたコンセプト・アルバムの評価は高く、メンバーそれぞれが詞を手がけ各自独特の世界観を披露しつつも全体の統一性は決して損なわれない。

代表曲に『Ｆｌｙ　Ｍｅ　Ｔｏ　Ｔｈｅ　Ｓｕｎ』『ＣＲＹ』『ＬＯＶＥ　ＳＨＩＰＳ』『暁』etc

亜宙（アソラ　ASORA／ダンサー、振付師）

様々なシンガーやアイドルユニット、はたまた各種イベントでのゆるキャラなどにも振付し、自身も海外の有名アーチストのバックダンサーとして…また自ら率いるダンスグループ「宙（そら）」のリーダーとして活躍中の女性トップダンサー。

栗&リス（くりアンドリス／漫才師）

シュールで独特な間（ま）の掛け合い漫才から、かぶり物を多用したサイケデリックなコントまで若年層を中心に人気を得ているお笑い芸人。

ボケの猪又晴男（いのまたはるお）とツッコミの本間勝彦（ほんまかつひこ）のコンビで二人は小学校からの同級生である。コンビ名とは違い（?）下ネタはあまりしない主義だと言う。

高松宙我（たかまつ・ちゅうが／俳優）1969〜

1969年8月27日、香川県高松市出身。

母校である高松中学校から芸名を名付ける。

劇団「ピエロの涙」の看板男優。

舞台、TVドラマ、映画に活躍中。

代表作に『無ッシング』（舞台）、『彼氏の隣人』（TVドラマ）、『陽炎日記』（映画）、『雪蛍』（映画）etc
第25回日本アカデミー賞最優秀助演男優賞受賞。

第27回日本アカデミー賞最優秀主演男優賞受賞。

杏樹輝香（あんずき・てるか／女優）１９８２〜

１９８２年11月23日、兵庫県神戸市出身。

元、宝塚歌劇団の男役として人気を得ていた。

退団後、作家の百澤輝星（ももさわてるぼし）から〝輝〟の一字をもらい改名（百澤氏による命名）。

因みにタカラジェンヌ時代の芸名は百合斗彩華（ユリトアヤカ）。

ＣＭ、ミュージカル、舞台、ＴＶドラマ、映画、バラエティ番組…等幅広く活躍中。

チョコレーツ（アイドルユニット）

RAM（ラム）、CoMo（コモ）、NONKO（ノンコ）の3人組女性アイドルユニット。

それぞれがスウィート、ミルク、ビターというポジションを担当。

地下での活動で人気に火が付き、メジャーデビュー。

デビュー2ヶ月後には日本武道館をファイナルにした5大ドームツアーを成功させる。

ミラクルスコール（喫茶店経営）

東京西荻窪にある女子に人気のおシャレなカフェ。ぶ厚いハニートーストにバナナオーレ、チョコレートパフェ、季節のフルーツ盛り沢山のパンケーキなども人気で有名人もひいきにしている事から話題を呼び、人気に。

週末は30分待ちは当たり前の行列のできるカフェ。

愛主珈琲蓮伯（アイスコーヒー・れんぱく／芸術結社主宰）

文学、美術、音楽、演劇…等の同人によるアート系の芸術結社を主宰。

2000年に結成され、創作、批評活動を各方面に展開している。古老のベテランから新参の若手アーチストまで幅広い分野から多彩な才能の持ち主が結集している。様々なコラボやイベントでのインスタレーションも展開中。

円茂ユカリ（えんも・ゆかり／タレント、子役）

トライリンガルで7才にして3ヶ国語に通じるという天才子役。
ハリウッド映画にも出演し、その将来は嘱望されている。
ＣＭ契約数10本という当代きっての売れっ子タレント。
自分とは縁もゆかりもない役になりきれる。

関結弦（せき・ゆずる／鉄道マニア）

鉄ちゃん（いわゆる鉄道ファン、鉄道マニア）の間では有名なカリスマ的人物。全国各地の鉄道風景のジオラマ製作でも有名。

ガブリエル・ミフォンヌ・ダンテ（美術収集家（コレクター））

日本の浮世絵やアジア各国の水墨画から、現代ポップアートまで様々な絵画コレクター。親日家で大の相撲ファン。好きな技はがぶり寄り。

イタリア人の父とフランス人の母を持つことから、アートには幼い頃から触れており精通している。

NEO・LIGHTS（ネオ・ライツ／アートパフォーマンス集団）

光を駆使したアートパフォーマンスを舞台(ステージ)で展開している男女混合のパフォーマンス集団。

各種イベント等にひっぱりだこの人気グループである。

デッカー・ケップリオ（外国人英語教師）

アメリカから市立桜坂女子高等学園に臨時英語教師として赴任して来た32才独身男性。女子生徒から〝デカプリオ〟〝ケップリ様〟と呼ばれ絶大な人気を得ている。本人はいたって真面目な性格の敬虔なクリスチャンである。

ハン・ニョンビン（前衛芸術家）

韓国ソウル在住の世界的前衛芸術家。
当たり前だが、展覧会の搬入日は絶対に守る。

ハレルヤかまし（讃美歌の歌手）

東方のあるキリスト教会で立ち起こった独特の讃美歌の歌い回し。コブシを入れてかますように大声で歌うという歌唱法。聴いていて実にやかましい。

Ⅳ　カフェ・ドリーマー

万国旗

路地裏で空き箱の中を覗きこんだら猫がいたんだ
瓶のコーラをラッパ飲みしたら、太陽の破片(カケラ)が瞳(め)に突き刺さったんだ
ポン菓子売りのおじさんの所へ、家からお米をもらって持って行ったんだ

夕陽の中に消えてしまいそうな、買い物袋をさげたお母さん
僕は土手の上から線路を見下ろし、川沿いを歩いたよ
あとからあとから涙が溢れ出したんだよ

あの日の歌は心から離れない
そう、僕らあの頃なんにもなかったけど　明日が待ち遠しくて
運動会のグランドで万国旗を見てた

きっと世界の何処にだって行けると先生は言ってたけど
僕はこの町から出て行けるのかな？
僕らグランドで万国旗を見てたんだ

猫はマタタビを求め再び旅に出た

前略。
この度、一身上の都合でもあり
家庭の事情でもあり
度重なるやんごとなき理由から
旅に出る決意をしました
おいらを探さにゃいでくだしゃい…
猫の心の根っ子は
いつだって風来坊なものにゃんです

もぐらの光

もぐらは暗い土の中でだってちゃんと光を感じている
もぐらにとっては闇もあたたかい光
とても居心地がいい
ある人達が親切気にそこは狭いし暗いから
こっちの方が明るいし全然いいから出ておいでって…
まったく大きなお世話だね
この土の中の気持ち良さがわからないなんてね
僕にはこっちこそが自分の住みかでふさわしい所
気に入ってるんだ
ほっといてくれ

街の木

交差点にさしかかった
点滅する信号の中を買い物車を押すお婆さんが
曲がった腰で一生懸命歩いていた
寒空の下ここにも一つの大きな暮らしの姿があった

僕はそのお婆さんの事を知らない
でもおそらく彼女はその何十年という人生の中で
沢山の苦難とそしてもちろん喜びも噛みしめて来たのだろう
手にも顔にもその年輪は確かに刻まれ
無言の老婆はまるで古木のように立っている

しかし　それはまだ枯れてはいない

その心の枝木にはまだまだ沢山の蕾があって
春風の中で豊かに芽吹くのを待っているように
僕には思えた

喋るきゅうりと笑うなす

ぬか漬けきゅうりが喋る、喋る！
浅漬けなすは笑う、笑う！
僕の口の中で暴れてるんだよ
僕の歯は大忙しでポリポリポリ
80歳のおじいさんがそう言って頭を掻いて笑ってた
とても可愛らしい人だな

塩と老人

その老人はまるで塩のようでした
痛みと共に僕の傷口の毒を消し
少しの苦みを伴い　僕の心の傷跡も消してくれた
黙ったまんま　遠くの方を見つめて
その無言の背中は
一本の古い木のように100年の風に吹かれています
ささくれだったぶ厚い手と
深く刻まれた皺、そして哀しく優しい瞳の中には
大きな海が横たわっています

処方箋

幾度かの入退院の後　そのお婆さんは
お医者さんから頂いた紹介書を胸にこのデイサービスにやって来た
まだ陽射しの厳しい折、お風呂がとても楽しみだと云う
僕がお茶をさし出すと　ここのお菓子は美味しいねと云う
ＮＨＫラジオ深夜便を毎晩聴いているのと車中で呟いた
「若い人はやりたい事をやりなさい」と言葉を強めた

その昔　この国の戦(いく)さで息子さんを亡くされた事を知った
お婆さんは息子さんをお医者さんにしようと
一生懸命働いて学校へやったのだと…

だから私は毎週もらう薬のお品書きをとても大事にするのよと
微笑(わら)った

あれから幾らか経って僕はそこを辞めてしまったけれど
今も時々ぼんやりそのお婆さんの事が何故か気になる
ヘルパーさんに連れられ薬局で大事そうに処方箋を胸にしまう姿が
目に浮かぶ

1945

宿無しの腹は底無しに減っており
野良犬がフラダンスしてるみたいにヘロヘロに歩いてた
隣組のどなたか
メリケン粉を分けてやっておくれよ
明後日の配給のやつを
空襲警報が来る前に
畑で盗んだキャベツと合わせて
お好み焼きを焼いておやりよ
なんでも、はるばる関西から来たそうだよ
可哀想に

あ、またサイレンが鳴り出したよ！
早く防空壕に入らなきゃ！

異人さんはつられて言っちゃった

僕等が彼等を外人と呼べば
彼等は叫ぶ
スシ、テンプラ、ゲーシャ！
ひとくくり、ひとまとめのイメージ
どこの国の人だろうといっしょくたに
ガイジン、ガイジン…
そして彼等も
フジヤマ、ニッポン、ビューティホー！
僕等が彼等を外人と呼ぶときに…
彼等をよその人と思ってる限りは…

アナドレナリン

滋味深き人生経験を持つ
オバチャン達の含蓄ある言葉や
何気なく喋ってる世間話の中の話題…
時に政治、経済、芸能文化から近所の噂
職場や家庭でのエピソードに至るまで…
時に痛烈な批判や全うな意見、皮肉混じりの冗談まで
広く浅く…いや時に深く濃い知識や体験談には
舌を巻くほどだ
彼女らからはきっと侮(あなど)れナリンが分泌されているにちがいない
まったくもって侮れない…

きれいな世界

よくないことをして時間を汚してしまった
いけないことを言って空間を汚してしまった
きれいな時間と空間は、あっという間に汚れてしまう
そろそろ僕の心のフィルターを掃除しなきゃ
僕らは世界を汚すために生まれたんじゃない

夜に鳴く蟬

昼間の騒音
街の動きと蟬しぐれ
ザワザワ　ジージー

日は暮れて
夕闇に灯る街の灯り
夏の疲れに家路を辿る
サワサワ　サワサワ　ミーン　ミーン　ミン

風の隙間から
太陽にはぐれた夜の蟬
このおっちょこちょい

カフェ・ドリーマー

そのカフェに国籍は関係ない
あらゆる人種の夢想家たちが集い
自分の人生の理想や　世界平和を謳う街角のオアシス
コーヒーやパンを分け合うから、飢えも差別もない
誰もが人の生き方についてアレコレ言わず
他国の文化の良さを讃え
何よりも自由と命が尊重される
宗教は各自の個性と歴史が重んじられつつ
どれにも根底で相通じる所の真理で結ばれ
それぞれの肌や瞳や髪の色や言語のバラエティ豊富さを

楽しみ味わう心のゆとりがあり
互いの違いを認め、讃え合い
愛と希望の精神で繋がり合える場所
ようこそ、このカフェ・ドリーマーへ
昨今のキナ臭い世界情勢の中
メンツや報復の備えに勤しむより
もう一度世界がひとつになること考えて行かないか？
このカフェでちょっとゆっくりくつろいで思い巡らして行ってくれ

セブン・デイズ・ブルース

月曜日に世界地図を広げて
火曜日に車輪を磨いて　旅の構想を練り
水曜日に新しい靴ひもを結べば
木曜日に雨が降り出したので
金曜日にカレーを煮込み
土曜日にそれを食べて満足し昼寝した
さて今日は心待ちにしている日曜日
陽気にジーザス・クライストに逢いに行こう

こうして僕の愛の一週間は終わりまた始まる

前夜祭

毎晩新しい日を迎えるための前夜祭なんだ
それは未だかつて生きたことのない日さ
そこへ足を踏み入れる前夜の粛々たる陽気な祭り…
そういう夜が毎日毎日の夜なんだよ

バイバイ

サヨナラをする
ある人に
ある物に
ある事に…
サヨナラを言うのは
また会いたいからだと　誰かが言ってた
けれどもね
本気で二度と会いたくないからする
サヨナラがあり…
不意に放ったが

それがそれっきりになる
サヨナラもある…
いずれにせよ
僕は新しい出発のために
サヨナラをする
だからもうこの詩集もおしまいなので
サヨナラする
バイバイ
バイバイ
（また次の詩集で会いましょう）

風の未来

この道の果て
この空の彼方
この海の尽きる場所で
この夢がついえようとも
決して旅は終わらないよ
世界の終わりなどではないさ
風は未来に永劫に吹き続けてゆくのだからね

解説

おもしろ系人情派が放つ詩のさわやか世界観

佐相　憲一

〈なんやねん、この飛んだお人は〉〈おもろすぎやで〉〈不思議な味で、泣かせるなあ〉〈こんな詩集、見たことないなあ〉
　そんな声がもれるウルトラ級の親しみである。

　胃袋に万国旗がかかっていることは多くの人びとが体で知っているし、どんなに排他的な思想をもつ人でも、日々食する物は無意識にも国際的だったりするだろう。特にこの島国では、古来海外のさまざまな文化圏の料理を上手にアレンジして台所にとり入れてきた。だが、それを強烈な身体感覚で詩に表現したこの詩集の作品群に触れると、圧倒的に新鮮な感じがしてスカッとする。第Ⅰ章「転ばぬ先に喰え」二〇篇だ。

「転ばぬ先に喰え」「おさかな」「ガーリック」「黄昏チャーハン」「燃えよ！グラタン」「餃子の皮で夜を包もうぜ」「悲しき焼き鳥」「ラーメン情歌」「終焉」「エビチリ派とエビマヨ派の攻防」「揺りかごから博多まで」「深夜食堂」「中華ブルース」「すべては酢豚のために」「ポテトサラダ」「ミックスフライ」「アボカド」「ラストオーダー」「ココア」「コトバを食べる」。

収録作品のタイトルを並べただけでも、よだれが出てきそうだ。よくもまあ、このような詩を熱心に書き続けてくれたものだ。読み始めると、一篇一篇ニヤニヤ面白くて、なんだか体の芯から元気が出てきて、ほろりとさせられて、思わず、いいぞ！　なんて声が出てきたりするから不思議だ。傾向として中華料理系が特に好きなようだが、イタリアンもあれば焼き鳥もある。デザートや飲み物もある。ついには飛躍して、「深夜食堂」にある〈希望〉の食感や、「コトバを食べる」の〈コトバ〉による人間哲学の妙までが皿にのっているのだ。詩集はのっけから場外ホームラン連発である。

一方、時代社会が厳しさと閉塞感を増している昨今、さまざまな精神的困難に苦しむ心のケアがクローズアップされている。さびしい日常を生きながら、素朴な内面風景を共有できる機会を求めている人が多いだろう。読んで思わずウルッとくる、さりげない思いの詩群。生活感の中の繊細な心情。第Ⅱ章「ドア〜その向こうの場所」一七篇である。

前章はユーモアにペーソスがかかっているといった感じだったが、この章はペーソスにユーモアが垣間見えるという感じだ。冒頭の詩「ドア〜その向こうの場所」は深い。さまざまなドアがあって、すべて開ければいいというわけじゃない。生きることとの歳月で出会う運命の中での実感が伝わってくる。きっと少なくない人びとに愛される詩だろう。

「ドア〜その向こうの場所」「心配」「シーズンオフの風」「カタツ

ムリ」「くすり箱」「竹やぶの医者」「アンダーシャツは汗を吸う」「自画像」「チケット」「えんぴつマン」「金魚すくい」「鶴と亀がスべった」「照る照る坊主」「葉っぱの宇宙」「そこに咲く花」「透き通った葉っぱ」「飛行船」。

ほろ苦く、どこか切ない、物語のワンシーンの輝きに満ちた作品群の詩情が心を癒やす。恋もすれば旅もある。「そこに咲く花」のように、存在することそれ自体のおののきが揺れている。

さらに第Ⅲ章「素晴らしき人々」二三篇までくると、百万光年の飛躍だ。誰でも大なり小なり空想を生きているが、空想もここまで来るとぶっ飛んでいる。架空の夢の人物像。作者の中では実在なのだ。批判精神はきっと現実世界の無味乾燥さをいやというほど感じていて、その彼方の豊かで個性的な世界を夢見る願いは、空想というよりは、心の中の可能性に満ちた、笑いを交えたアンチテーゼなのかもしれない。

「日上眞輝」「百澤輝星」「夢輝太観蘭」「石野匠」「木堀能美助」「黒川墨彩」「刀根蓮磨」「ホネビート」「バルサミコス」「亜宙」「栗&リス」「高松宙我」「杏樹輝香」「チョコレーツ」「ミラクルスコール」「愛主珈琲蓮伯」「円茂ユカリ」「関結弦」「ガブリエル・ミフォンヌ・ダンテ」「NEO・LIGHTS」「デッカー・ケツプリオ」「ハン・ニョンビン」「ハレルヤかまし」。

しょうもないギャグのようでいて目が離せない。パロディの中に世界の風穴を求める作者の奔放さが見える。彼は今日も新たにまた人物像を創造している。夢をなくしたこの世界に何かを注入するために。唖然とするばかりのこの章の連なり全体に、詩の心が爆発している。

そして第Ⅳ章「カフェ・ドリーマー」一七篇。結局、苦悩につぶされないためには、このような大らかさと楽天性を忘れないことが大切なのだろう。風刺なども感じられる心のスケッチには、他動物や老いた人びとなどへの限りない優しさと繊細な味わいがにじんでいるが、汚れた世界の奥をつかんで、詩のフィルターによって、すてきなものを引っ張り出す強力な心の魔法に酔いしれる。さわやかだ。夢がある。

「万国旗」「猫はマタタビを求め再び旅に出た」「もぐらの光」「街の木」「喋るきゅうりと笑うなす」「塩と老人」「処方箋」「1945」「異人さんはつられて言っちゃった」「アナドレナリン」「きれいな世界」「夜に鳴く蟬」「カフェ・ドリーマー」「セブン・デイズ・ブルース」「前夜祭」「バイバイ」「風の未来」。

現代的な抒情と諧謔、パンチのきいた語り、そして何よりも生きることから眼をそらさない世界観とひろい視野。詩群の発するメッセージは説教臭くない、不思議な共感性を発している。それは作者が自らの人生行路で何度も落ち込み、苦しみ、悲しんできた重い体験から来ているのだろう。大変な思いをした人ほど、乗り越えた後の笑顔が美しい。

章ごとの個性がまた独特の詩集だ。向日性のアイデア精神、抜群の発想の背景にあるのは、現実を見る確かな眼と、持ち前のバイタリティあふれる優しい人柄だろう。絵や絵本も描く作者は根っからのアート人種でありながら、さりげなく社会展望の力も発揮する人と言えよう。この国を含めて世界各国の争いが絶えないいま、シンプルな本質を照らすこのような詩集が世にひろく読まれてほしい。そして、何らかの事情で落ち込み自信をなくしている繊細な人たちに、詩を通じて心の万国旗からおいしいものを届けたい。

最後に詩を二篇、全文引用しよう。

心配

部屋の中にいて、窓を打つ雨を見て
あいつ今頃濡れてないかな？って
ちょっと心配してる日曜日の午後

前夜祭

毎晩新しい日を迎えるための前夜祭なんだ
それは未だかつて生きたことのない日さ
そこへ足を踏み入れる前夜の粛々たる陽気な祭り…
そういう夜が毎日毎日の夜なんだよ

あとがき

まずはこの本を世に出せた事、その巡り合わせに感謝します。

友人である詩人の畑中暁来雄氏を介し編集者の佐相憲一氏を知り、この度の詩集刊行に到りました。本書は佐相氏の編集の妙技に寄る所が大きいでしょう。コールサック社並びに関係者の皆様には深く感謝致します。

もともと私は絵を描く方の人間で、本格的に詩を書くようになったのは、かつて文学少女だった母からの「貴方は詩を書きなさい」…の言葉によるものです。

そして今夏（二〇一七年）父が他界し、実物の本書は間に合いませんでしたが、私の出版を知り父も非常に喜んでくれていました。初版発行日を父の誕生日に合わせたのは私にしか出来ない親孝行です。彫刻家であり、笑うこと、食べることの好きだったユニークな父にこの詩集を捧げます。父が亡くなった翌日、火葬場に行くその日（八月七日）の朝刊（産経新聞）に私の詩「夜に鳴く蟬」が掲載されるという不思議な出来事もありました。

本詩集収録作品「転ばぬ先に喰え」の〈喰い力〉という言葉は、父が私の幼い頃からよく言っていた印象深い言葉で、そこには生きることに前向きな人間としての明るい根源的なエネルギーが込められていると今更ながら感じています。この詩集が日常の中で苦悩する少し生き疲れた人々に、あっけらかんとした生命力を取り戻して頂くための一助となれば幸いです。

いずれにせよ、私の創作の道はまだ旅の途上にあり、霊感の導くまま行き着く所まで歩みを続けて参ります。また何かでお目にかかれる日まで。御一読ありがとうございました。

二〇一七年初秋　著者

略歴

柏木　咲哉（かしわぎ　さくや）

一九七三年、兵庫県西宮市出身。
幼少時より絵を描く事を好む。
一九九〇年、兵庫県立鳴尾高等学校中退。
この頃より詩作を始める。
大学入学資格検定合格後、上京し、新聞奨学生に。
一九九二年、東京アニメーター学院卒業。
二〇〇六年、大阪総合デザイン専門学校卒業。
二〇一七年、詩集『万国旗』（コールサック社）を刊行。
詩作並びに絵画制作に取り組む日々。

現住所
〒六六三—八一四一
兵庫県西宮市高須町一—二—二四—一〇〇九

著者近影

柏木咲哉 詩集『万国旗』

2017年11月2日初版発行
著　者　柏木　咲哉
編　集　佐相　憲一
発行者　鈴木比佐雄

発行所　株式会社 コールサック社
〒173-0004　東京都板橋区板橋2-63-4-209
電話 03-5944-3258　FAX 03-5944-3238
suzuki@coal-sack.com　http://www.coal-sack.com
郵便振替　00180-4-741802
印刷管理　(株) コールサック社　製作部

*装画　柏木咲哉　　*装丁　奥川はるみ

落丁本・乱丁本はお取り替えいたします。
ISBN978-4-86435-314-4　C1092　¥1500E